LES CHÂTEAUX
DE MALVENUE

D0888242

EN PLUS !

DES PETITES
HISTOIRES
TERRIFIANTES...
AVEC DES
PHOTOS !!!

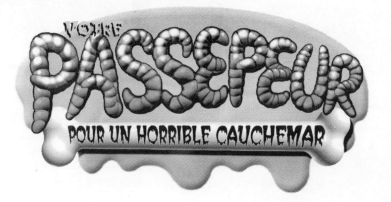

VOTRE PASSEPEUR POUR UN HORRIBLE CAUCHEMAR

LES CHÂTEAUX
DE MALVENUE

**Texte et illustrations
de
Richard Petit**

Boomerang
Éditeur jeunesse

© 2005

Gouvernement du Québec - Programme de crédit d'impôt pour l'édition de livres - Gestion SODEC

Boomerang éditeur jeunesse remercie la SODEC pour l'aide accordée à son programme éditorial.

ISBN : 2-89595-091-1
Imprimé au Canada
Dépôt légal : Bibliothèque nationale du Québec,
3e trimestre 2005
Dépôt légal : Bibliothèque et archives Canada,
3e trimestre 2005

Boomerang éditeur jeunesse inc.
Québec (Canada)

Courriel : edition@boomerangjeunesse.com
Site Internet : www.boomerangjeunesse.com

Modèles numériques fournis par : Daz 3D, Renderosity, HandspanStudio, ThorneWorks, Patrick A. Shields, TrekkieGrrrl, HIM666, Amber Jordan, Maya, Laura Gilkey, 3dmodelz, Aya-Zoozi, Poism, Jen, Jaguarwoman, Uzilite, Nymesis, Epken, HMG Designs, Quarker, Anton's FX, 3D Universe, Hankster, Gerald Day, Palladium 17, HMann et plusieurs autres…

TOI!

Tu fais maintenant partie de la bande des
TÉMÉRAIRES DE L'HORREUR.

OUI ! Et c'est toi qui as le rôle principal dans ce livre où tu auras bien plus à faire que tout simplement... LIRE. En effet, tu devras déterminer toi-même le dénouement de l'histoire en choisissant les numéros des chapitres suggérés afin, peut-être, d'éviter de basculer dans des pièges terribles ou de rencontrer des monstres horrifiants.

Aussi, au cours de ton aventure, lorsque tu feras face à certains dangers, tu auras à jouer au jeu des **PAGES DU DESTIN...** Je t'explique. Si dans ton aventure tu es poursuivi par un monstre dangereux et qu'il t'est demandé de TOURNER LES PAGES DU DESTIN afin de savoir si ce monstre va t'attraper ou non, la première chose que tu dois faire, c'est de placer un signet à la page où tu es rendu, car tu auras à y revenir. Ensuite, SANS REGARDER, tu fais glisser ton pouce sur le côté de ton Passepeur en faisant tourner les feuilles rapidement pour t'arrêter AU HASARD sur l'une d'elles.

Maintenant, regarde au bas de la page de droite. Tu vois plusieurs petits pictogrammes. Pour savoir si le monstre t'a attrapé, il n'y en a que deux qui te concernent : celui de l'espadrille et celui de la main. Pour le moment, tu ne t'occupes pas des autres. Ils te serviront dans d'autres situations que je t'expliquerai un peu plus loin.

Alors, comme tu as remarqué, il y a une espadrille sur une page, et une main sur la suivante, et ainsi de suite jusqu'à la fin du livre. Si tu es chanceux, et que, en tournant les pages du destin, tu t'arrêtes au hasard sur le pictogramme de l'espadrille, eh bien, tu as réussi à t'enfuir. Là, tu retournes à la page où tu étais rendu pour connaître le chapitre où tu dois aller pour fuir le monstre. Si tu es malchanceux et que tu t'arrêtes sur le pictogramme de la main, eh bien, le monstre t'a attrapé ; là encore, tu reviens à la page où tu étais rendu pour connaître le chapitre où tu tomberas entre les griffes du monstre.

Lorsqu'on te demandera de TOURNER LES PAGES DU DESTIN, tu n'utiliseras, selon le cas, que les DEUX pictogrammes qui concernent l'évènement. Voici les autres pictogrammes et leur signification...

Pour déterminer si une porte est verrouillée ou non :

 Si tu tombes sur ce pictogramme-ci, cela signifie qu'elle est verrouillée ;

 si tu t'arrêtes sur celui-là, cela signifie qu'elle est déverrouillée.

S'il y a un monstre qui regarde dans ta direction :

Ce pictogramme veut dire qu'il t'a vu ;

celui-là veut dire qu'il ne t'a pas vu.

En plus, pour te débarrasser des vampires que vous allez rencontrer tout au long de cette aventure, tu pourras utiliser des petits ballons remplis d'eau bénite. Cependant, pour atteindre avec ces ballons les vampires qui t'attaquent, tu auras à faire preuve d'une grande adresse au jeu des pages du destin. Comment ? C'est simple. Regarde au bas des pages de gauche : tu y vois un vampire et le ballon que tu as lancé.

Le vampire représente tous les vampires que tu vas rencontrer dans ton aventure. Plus tu t'approches du centre du livre, plus le ballon se rapproche du vampire. Lorsque, dans ton aventure, tu fais face à un vampire et qu'il t'est demandé d'essayer de l'atteindre avec un de tes ballons pour l'éliminer, il te suffit de tourner rapidement les pages de ton Passepeur en essayant de t'arrêter juste au milieu du livre. Si tu réussis à t'arrêter sur une des cinq pages centrales du livre portant cette image,

eh bien, bravo ! Tu as visé juste et tu as réussi à atteindre de plein fouet le vampire et, de ce fait, à t'en débarrasser. Tu n'as plus qu'à suivre les instructions au chapitre où tu étais rendu, selon que tu l'as touché ou non.

Ta terrifiante aventure débute au chapitre 1. Et n'oublie pas : une seule fin te permet de terminer... *LES CHÂTEAUX DE MALVENUE.*

1

Sombreville. Le soleil est sur le point de se coucher sur ta ville. Habituellement, surtout le soir venu, les gens préfèrent demeurer chez eux, portes et fenêtres bien verrouillées. Mais ce soir, c'est très différent : ça grouille de monde au port de la baie !

Impossible de te frayer un chemin entre les centaines de badauds qui étirent le cou en direction de la mer. Ces adultes sont trop grands, et toi, tu ne peux y voir absolument rien. Qu'est-ce qui se passe ? Tu veux savoir...

CURIOSITÉ OBLIGE ! Tu te jettes à quatre pattes et tu te faufiles jusqu'au long quai de bois. Là, tous les dignitaires de la ville sont réunis pour accueillir un curieux cortège de visiteurs importants qui débarquent.

Immobile dans la foule, tu observes les cinq silhouettes vêtues d'une soutane noire, la tête cachée, qui marchent sur le quai. Les cinq visiteurs s'arrêtent devant le maire. Celui-ci tend la main d'une façon amicale. Une main blanche aux ongles très longs sort lentement d'une manche. Le maire sursaute lorsqu'il touche à cette main, terriblement... FROIDE !

Va au chapitre 45.

Tu prends les deux pièces et tu les attaches ensemble avec du fil.

— Est-ce qu'il faut prononcer une parole magique ? demande Marjorie. Genre « abracadabra » ou « témochétusentrèsmauvaidespieds » ?

— Non ! lui réponds-tu en ramassant une longue aiguille. Seulement ça…

— Comment allons-nous savoir si le sortilège a fonctionné ? t'interroge Jean-Christophe à son tour.

— C'est très simple. Si ça marche, les vampires vont gueuler à faire vibrer tous les murs des châteaux de Malvenue.

L'aiguille entre ton pouce et ton index, tu l'enfonces dans le torse de la poupée. Attentifs, vous écoutez…

RIEN !

Tu piques plusieurs fois la poupée à différents endroits, mais toujours rien.

Soudain, sous vos pieds, des trous viennent de s'ouvrir, et la baraque s'enfonce rapidement dans la boue vaseuse. Tu essaies de marcher, mais c'est malheureusement pour tes amis et toi…

LA FIN

Attrapés, vous êtes tous les trois tirés dans l'ouverture du foyer jusqu'à un sombre cachot dans les profondeurs du château.

Une grille très rouillée, mais malheureusement encore très solide, vous retient prisonniers dans cette pièce étroite dont le sol est jonché d'os et de crânes. Avec un dégoûtant tibia, tu réussis à faire bouger une pierre et à dégager une ouverture dans le mur. Vous rampez tous les trois dans l'étroit tronçon d'un passage qui débouche sur une cuisine abandonnée depuis des siècles.

Des blattes courent sur des restes plus que centenaires de bouffe oubliée sur la table. Tu as faim, mais il n'est pas question de manger ces trucs pourris.

Comme tu traverses la pièce, une vive douleur te tord l'estomac. Qu'est-ce que ces fantômes t'ont fait ?

Dans une marmite, des insectes pataugent dans une sorte de glu répugnante. OUPS ! c'est bizarre, ta main se dirige vers la marmite. Tu veux l'arrêter, mais tu n'as plus aucun contrôle sur tes muscles. Ce n'est plus toi qui décides, on dirait.

Tes doigts saisissent une grosse larve blanche et la portent à ta bouche...
POOOUUUAAAH !

Alors que vous vous apprêtez à déguerpir, Cerbère inspire un grand coup et souffle sur la porte, qui, derrière vous, se referme violemment...

BAAANG !

Il avance lentement vers vous avec ses trois mâchoires proéminentes garnies d'incisives tranchantes. Tu aperçois des armes accrochées au mur. Tu donnes un coup de coude à Jean-Christophe. À la dernière seconde, vous vous projetez vers le mur et vous saisissez respectivement une lance, une massue pourvue de pics et une hache de combat. Trois armes contre trois têtes super laides...

VOILÀ QUI EST ÉQUITABLE...

Le chien mutant continue d'avancer. Vous pointez tous les trois vos armes dans sa direction. Il s'arrête, et tout son corps se met à gonfler, gonfler... ET GONFLER !

Par crainte de vous retrouver couverts de sang et d'organes de son corps qui menace d'éclater à tout moment...

...vous tentez de vous éclipser par le grand escalier qui se trouve au chapitre 68.

6

Rends-toi au chapitre inscrit sur le passage que tu désires emprunter...

7

Vous reculez d'un pas, et les trois têtes de Cerbère crachent du feu comme un dragon de conte de fées. RAAAAAAAAAAAAAAAAAA !

Vous vous jetez tous les trois par terre. Les flammes meurtrières passent à seulement quelques centimètres de ton dos. Cerbère inspire un grand coup. Tu te relèves, entraînant avec toi Marjorie vers un couloir. Jean-Christophe est toujours étendu de tout son long sur le plancher. ZUT !

Les trois têtes de Cerbère l'entourent. Recroquevillé sur lui-même, il attend d'être grillé comme un toast. Tu déposes ta massue, complètement inutile face à un tel monstre, et tu fouilles rapidement dans ton sac pour prendre un ballon d'eau bénite.

— CE N'EST PAS UN VAMPIRE ! te crie Marjorie, terrifiée. L'eau bénite ne peut rien contre lui...

Cerbère se prépare à cracher d'autres flammes, tu t'élances... Vas-tu réussir à l'atteindre ?

Pour le savoir... TOURNE LES PAGES DU DESTIN !

Si tu réussis à l'atteindre, rends-toi au chapitre 81.
Si tu l'as complètement raté, va au chapitre 37.

BANG !

Jean-Christophe chute lourdement. Assommé, il gît inerte sur une colonne tout près de toi. Marjorie a eu de la chance, elle a réussi à trouver refuge sur le seuil d'une porte ouverte loin au fond du hall.

Juste sous tes pieds, des flammes jaillissent d'un tableau sur lequel est peint un volcan. Tu sens la chaleur, et tes espadrilles sont littéralement en train de cuire.

Tes doigts commencent à lâcher.

— MARJORIE, AIDE-MOI !

IMPOSSIBLE ! Il y a entre elle et toi l'immense plafonnier sur lequel brûlent des dizaines de chandelles.

Ton petit doigt de la main gauche vient de glisser sur la rampe. Maintenant, l'autre aussi. Tu voudrais bien prier, mais tes deux mains sont très occupées à te tenir en vie. Jean-Christophe revient à lui juste comme tous tes doigts lâchent la rampe. Il tend les mains vers toi. Va-t-il réussir à t'attraper ?

Pour le savoir... TOURNE LES PAGES DU DESTIN !

S'il réussit à t'attraper, OUF ! rends-toi au chapitre 87.

Si par malheur il ne réussit pas à te saisir, va au chapitre 91.

9

Une série de passerelles macabres vous amènent à ce curieux château aux formes et aux couleurs étranges.

— C'est quoi, cet endroit ? demande Marjorie. Une usine qui fabrique des bonbons ?

La grande porte ne possède ni poignée ni serrure, mais un œil qui s'ouvre.

Vous vous écartez afin de vous cacher derrière une colonne. Est-ce que cet œil étrange vous a vus ?

Pour le savoir... TOURNE LES PAGES DU DESTIN !

S'il vous a vus, allez au chapitre 41.

Si vous avez réussi à vous cacher avant qu'il ne vous voie, rendez-vous au chapitre 83.

Rends-toi au chapitre inscrit sur le passage que tu désires emprunter...

11

— Je ne sais pas pourquoi nous avons choisi ce château en labyrinthe, cherche à comprendre Jean-Christophe. Nous allons encore nous perdre pendant une éternité, et peut-être même plus...

— GNA ! GNA ! espèce de grand braillard. Rappelle-toi, chaque fois que nous avons réussi à traverser un labyrinthe, nous avons trouvé un indice SUPER IMPORTANT !

— C'est vrai ! avoue Marjorie. En tout cas, lors de nos trois dernières aventures... C'ÉTAIT COMME ÇA !

— Ouais, peut-être, mais je me rappelle aussi avoir fait des rencontres pas très agréables, genre monstres laids et affamés...

— OK ! leur dis-tu. Nous allons faire super attention cette fois-ci.

Vous marchez sur la passerelle faite d'ossements blanchis par le temps. Devant vous s'élève très haut le curieux bâtiment en spirale. C'est le seul château qui ne possède pas de grandes portes de bois et de métal, car les dédales de ce labyrinthe suffisent à le protéger des intrus.

Vous vous rendez à l'entrée du labyrinthe au chapitre 6.

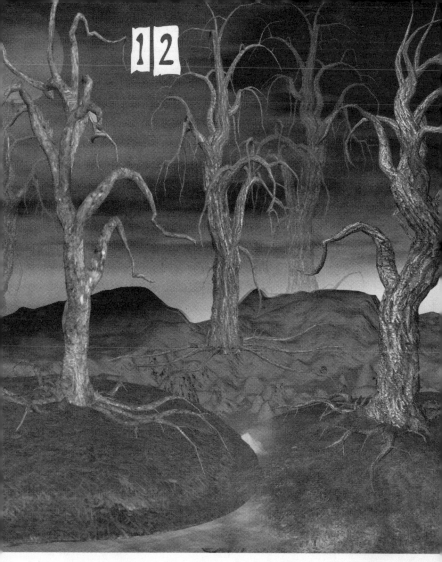

Observe bien ces arbres et ensuite rends-toi au chapitre 89.

13

— Je crois que nous allons avoir du renfort, annonces-tu à tes amis. Nous n'avons plus qu'à attendre qu'ils arrivent...

— Et les cinq princes vampires ? te rappelle Marjorie. Tu les as oubliés, eux ?

— Nous sommes en sécurité ici, lui réponds-tu. Barricadée de la sorte, il n'y a aucun monstre OU VAMPIRE qui peut enfoncer cette porte. Il faudrait des « monsieurs muscles » ou des « vampires muscles » dans ce cas-ci. Ça n'existe pas, ça, enfin je crois, n'est-ce pas Jean-Christophe ?

Ton ami hoche la tête...

— AH OUAIS ! J'avais oublié ce détail, toutes mes excuses.

— Ce n'est rien, absolument rien, lui dis-tu. Tu es mon amie, c'est complètement normal que je te pardonne, tu sais.

— Oui, mais moi, au contraire, ajoute Marjorie, je suis un peu, beaucoup incapable de te pardonner le fait que...

— Le fait que quoi ? cherches-tu à comprendre.

— Le fait que tu as oublié que les vampires... POUVAIENT VOLER !!!

Va au chapitre 48.

Le visage livide et le regard fixe, le cadavre coupé en deux se rue sur vous… Est-ce que ce monstre sorti tout droit d'un cauchemar va malheureusement réussir à vous attraper ?

Pour le savoir… TOURNE LES PAGES DU DESTIN !

S'il réussit à vous attraper, va au chapitre 79.

Si vous parvenez à lui échapper, fuis en courant vers le chapitre 93.

15

Jean-Christophe te regarde…

— Qu'est-ce que tu en penses ? On ne peut pas rester là à ne rien faire.

— Mais ce sont des immortels, ces vampires ! objecte Marjorie. On risque d'y laisser notre peau, j'veux dire notre sang…

— C'est la même chose, lui réponds-tu. Tu perds ton sang, tu perds la vie aussi…

— Les vampires, nous connaissons, alors emportez le nécessaire, vous dit Jean-Christophe.

— Il nous faudrait de l'eau bénite, songes-tu. Dans des petits ballons, ça pourrait devenir des armes très efficaces. Je vais aller voir le curé Pierre-Léon, c'est un ami qui croit en nous, les Téméraires. Je vous rejoins dans trente minutes au quai…

— À PLUS ! te dit Marjorie, qui revient de la cuisine.

Elle se retourne vers son frère.

— Il n'y a plus d'ail dans le frigo, maman a pris tout ce qui restait pour faire son fameux spaghetti qui donne une haleine super puante…

— ZUT !

— Pas grave ! J'ai mis les restes dans un contenant de plastique. Le premier qui ose se présenter devant moi, je lui lance les nouilles en plein sur sa sale gueule de « mordeur-de-cou »…

L'aventure débute au chapitre 4.

Accrochée au plafond, une jeune vampire bleue vous regarde en se léchant les babines...

Tu attrapes un ballon d'eau bénite et tu le lances de toutes tes forces. Vas-tu réussir à l'atteindre ?

Pour le savoir... TOURNE LES PAGES DU DESTIN !

Si tu réussis à l'atteindre, BRAVO ! Rends-toi au chapitre 35.

Cependant, si tu l'as complètement ratée, va au chapitre 95.

BANG ! BANG ! BANG !

Jean-Christophe s'approche…

— Ne vous en faites pas, personne ne peut entrer ici avec le tas de meubles que vous avez placés devant la porte. Venez ! Nous avons une vue magnifique sur Sombreville.

En effet, c'est très beau, mais tu n'es pas ici pour faire du tourisme. Ce poste d'observation du château est doté de plusieurs leviers et d'une grande roue comme on en retrouve sur la passerelle de navigation des grands paquebots. Vous comprenez rapidement que ce sont ces commandes qui servent à déplacer les îles sur l'océan.

Tu colles un œil sur un long télescope doré pour observer la ville. Tu es très étonné de voir les maisons d'aussi près. Tu tournes le télescope pour examiner maintenant les autres îles. Dans le donjon du château voisin croupissent le maire et tous les dignitaires.

— ILS SONT TOUS VIVANTS ! t'écries-tu en les apercevant. REGARDEZ !

En prenant bien soin de ne pas déplacer le télescope, tu laisses tes amis regarder à leur tour.

Allez au chapitre 23.

Tu t'élances vers la sortie pour aller rapidement vers la branche tombée. Il y a des traces de pas par terre. Tu as vu juste, quelqu'un était ici il n'y a pas plus d'une minute...

Vous observez les alentours. Rien ! Personne !

Des pas qui s'éloignent se font soudain entendre. Vous cherchez partout. Toujours rien en vue...

— C'était quoi ça ? cherche à comprendre Marjorie. Un homme invisible ?

Jean-Christophe fait oui de la tête...

— Normal qu'un château invisible soit habité par une créature invisible aussi...

Les pas se dirigent maintenant vers vous. Paniqués, vous courez tous les trois dans toutes les directions...

Est-ce que cette chose qui est invisible va réussir à attraper l'un de vous ?

Pour le savoir... TOURNE LES PAGES DU DESTIN !

Si elle réussit, va au chapitre 30 pour découvrir QUI s'est fait prendre...

Si par contre la créature invisible n'attrape aucun d'entre vous, rends-toi au chapitre 49.

19

La tête à travers la fenêtre, tu vérifies s'il n'y a pas un monstre ou un vampire qui attend pour vous tendre un piège. NON ! Alors tu t'introduis dans le château avec tes amis.

Des torches allumées crépitent sur les murs. Un long couloir dans lequel courent des dizaines de rats débouche sur une grande bibliothèque de livres très anciens. La poussière, la moisissure et les toiles d'araignées sont maintenant les seules abonnées. Autrefois, cette salle devait être majestueuse.

Un panneau suspendu affiche un bien curieux texte.

ESTOUT LES SESPONRÉ À ESTOUT LES TIONSQUES.

— Es-tu capable de comprendre quelque chose, toi ? demandes-tu à Jean-Christophe.

— Oui, mais c'est une langue morte depuis des siècles. Ça signifie : *toutes les réponses à toutes les questions.*

— Eh bien ! justement j'ai une question, dit alors Marjorie. DANS QUEL CHÂTEAU SONT EMPRISONNÉS LE MAIRE ET SES COLLABORATEURS ?

D'une tablette, une grande feuille s'envole tel un tapis magique et va se poser sur une table au chapitre 82.

Rends-toi au chapitre inscrit sur le passage que tu désires emprunter...

21

OOOUUUUAAAH !

Tes amis s'approchent…

— QUOI ? demande Marjorie. Qu'est-ce qu'il y a ?

— Le-le ta-tableau ! essaies-tu difficilement de dire. Les yeux se sont ouverts…

Jean-Christophe examine la peinture.

— Ils sont fermés !

— J'te dis qu'ils se sont ouverts, je te le jure…

Marjorie s'approche et ne remarque rien d'anormal. Elle tente de décrocher le tableau, mais il est solidement cloué au mur.

— Ça, je dois l'admettre, c'est très bizarre…

Courageuse, elle s'approche. Le nez collé sur la toile, elle remarque que les paupières du personnage peint sur la toile ont été découpées. Elle pousse avec son index, et les deux paupières basculent, laissant entrevoir la pièce derrière le mur. Des torches éclairent un long couloir de pierres poussiéreuses.

— Je crois que tu as raison, te dit-elle avec une crainte croissante. Il y avait quelqu'un qui nous épiait…

Allez au chapitre 69.

22

OUI ! Une silhouette s'était dissimulée entre les arbres, mais lorsque vous arrivez dans la petite forêt... ELLE N'EST PLUS LÀ !

Tu cherches à connaître les raisons de sa présence ici. Vous cherchez tous les trois partout. Une pierre tombale solitaire attend de tomber en ruine et d'être oubliée...

— C'est peut-être de cette tombe que provenait la silhouette, songe Marjorie. Ça sent de plus en plus le fantôme, cette histoire.

— Elle a raison, dit alors son frère. Et si ce château n'était pas un château invisible, s'il s'agissait en fait d'un château... FANTÔME !

— IMPOSSIBLE ! leur précises-tu. Vous oubliez que, pour devenir un fantôme, il faut avant tout... MOURIR ! Un château, enfin je pense, ça ne peut pas mourir, ça s'écroule, c'est tout, et on n'en parle plus...

— Ah ouais! t'as raison, réfléchit Marjorie.

— Et aussi, ajoutes-tu, je crois qu'il y a, quelque part, un système électronique qui rend ce château transparent.

— Pourquoi tu dis cela ? demande Jean-Christophe.

— Parce que j'aperçois, entre les arbres là-bas, une petite lumière rouge qui clignote...

Au chapitre 54.

23

— Quel est le plan ? demande alors Marjorie. Nous ne sommes même pas dans le bon château...

Tu observes les commandes et tu réfléchis. Soudain, tes yeux s'agrandissent... D'HORREUR ! Non ! DE JOIE ! Car tu viens d'avoir une idée géniale...

Tu t'approches du poste de commande.

— BON ! Sans livre d'instructions, ça ne sera pas facile, mais je vais essayer quelque chose.

— Tu vas faire quoi là ? veut savoir Marjorie. Parce que nous sommes ensemble dans cette histoire et nous avons le droit d'être mis au courant.

— C'EST VRAIMENT SUPER ! Tu vas voir. Je crois qu'à partir d'ici je peux détacher l'île sur laquelle se trouve le donjon où tout le monde est enfermé. Alors je libère cette île et j'actionne les moteurs, ce qui aura pour résultat d'éloigner les îles de Sombreville. Du même coup, les princes vampires vont s'en rendre compte, ils viendront alors à nous, et nous n'aurons même pas à les chercher...

— OH ! WOW ! BRAVO ! Tu as trouvé une façon certaine et rapide de nous faire sucer le cou..., conclut Marjorie.

Rends-toi au chapitre 57.

24

Dirige-toi vers le chapitre...

25

ZUT ET DOUBLE ZUT !

— Est-ce que nous allons fouiller un autre château ? demande Marjorie. Celui-là est verrouillé...

— Crois-tu que les autres ne seront pas verrouillés ? lui fais-tu penser.

— EUH !

— Ouais ! Euh ! Alors mieux vaut trouver une façon d'entrer dans celui-ci si nous voulons y aller méthodiquement.

Lampe de poche en main, tu fais le tour du château à la recherche d'une autre porte ou d'une trappe cachée.

Dans un petit cimetière aux pierres tombales fissurées, un hibou aux grands yeux vous regarde.

Plus loin, complètement dans l'ombre, tu remarques un arbre tortueux. Il est ce qu'il y a de plus mort, mais ses branches montent très haut dans le ciel. Tu pointes ta lampe et découvres une fenêtre aux vitraux brisés.

— Une longue branche s'étend directement vers la fenêtre, montres-tu à tes amis. Il va falloir jouer les funambules, mais je crois que nous pouvons y arriver...

Tu escalades l'arbre jusqu'au chapitre 38.

Ses deux longues canines pointées vers toi, il plonge. Sans ballon ni spaghetti à l'ail, tu sais très bien que vous ne pouvez rien tenter.

Soudain...

BRAAAOOUUMMM !

Un coup d'artillerie retentit du destroyer. Tu lèves la tête. Un gigantesque obus orange arrive à toute vitesse vers vous.

— NON MAIS, ILS SONT FOUS ! Ils nous tirent dessus...

Tu t'assois par terre et tu te bouches les oreilles. À l'instant où le vampire atterrit près de toi, l'obus orange frappe le sommet de la tour et...

SPLAAAAAACH !

Devant toi, le vampire fond comme de la crème glacée au soleil.

SPLOUUUUURB !

La tour est encore intacte, mais pourquoi êtes-vous tous les trois... TREMPÉS JUSQU'AUX OS ?

— L'OBUS ! s'exclame Jean-Christophe. C'était un gigantesque ballon d'eau bénite...

Tout à coup, toute l'île se met à pencher dangereusement...

Va vite au chapitre 100.

27

Marjorie vous tend la main. Tu la saisis pour enjamber le grand plafonnier. ATTENTION ! Il y a de la cire et de l'eau partout, c'est très glissant...

Dans l'autre salle du château, cinq fauteuils poussiéreux sont placés dos à dos sur une estrade. Vous montez les quelques marches pour les examiner.

— Cinq fauteuils pour les cinq princes vampires, en déduit Marjorie. Vous avez remarqué ?

— C'est ici qu'ils se réunissent ? se demande Jean-Christophe.

— Ils ne peuvent pas discuter avec les fauteuils placés comme ça, lui fais-tu remarquer. Cet endroit sert à autre chose.

Tu fouilles partout. Par terre, tu remarques des chauves-souris mortes. Sur leur carcasse desséchée, il y a deux trous...

POUAH !

Jean-Christophe découvre, sous le bras d'un fauteuil, une petite porte derrière laquelle se trouve un bouton en bois. Il s'assoit et remarque une énorme ouverture dans le plafond.

— J'AI TROUVÉ ! s'exclame-t-il...

Va au chapitre 63.

Marche jusqu'au chapitre...

— Où est ton frère Jean-Christophe ?

— IL N'Y A ABSOLUMENT RIEN SUR INTER-NET ! hurle celui-ci dans l'autre pièce.

Avec Marjorie, tu accours...

— QUOI ? veut comprendre sa sœur. Il n'y a aucune page sur Internet qui parle d'îles flottantes ?

— Oui, mais tout ce que j'ai pu trouver, c'est qu'une île flottante est un grand classique de la cuisine française. Il paraît que c'est la joie des petits comme des grands. En somme, c'est un dessert...

— Mais ce n'est pas possible, s'étonne Marjorie.

— J'te dis que j'ai tout essayé...

— Essayons autre chose ! proposes-tu. Pour commencer, rends-toi sur le site de l'*Encyclopédie noire*.

— Voilà ! fait aussitôt Jean-Christophe. Ensuite ?

— J'ai remarqué qu'il y avait cinq châteaux en tout, et cinq vampires. Tape : *cinq vampires*...

CLAC ! CLAC ! CLAC ! CLAC !

À l'écran apparaît rapidement l'image d'un vieux manuscrit...

— OYÉ ! Mettez les freins et stoppez le train, s'exclame Marjorie. Nous avons trouvé...

Va au chapitre 66.

OH NON ! C'est toi qu'elle a attrapé...

Tu essaies de te débattre, mais comment combattre quelque chose que tu ne vois pas ?

Tu te fais traîner sur des dizaines de mètres jusqu'à une grotte cachée dans une forêt. À l'intérieur, tu es tout étonné de voir des murs métalliques. La créature lâche ta jambe, et tu te relèves tout de suite. Sur le mur, un bouton s'enfonce tout seul. Non, c'est cette créature invisible qui vient d'appuyer dessus...

Devant toi, la créature, un peu semblable à tous les humains de la Terre, se matérialise sous tes yeux.

Tu te dis que BON ! maintenant c'est vraiment terminé. Cet extraterrestre va procéder à toutes sortes d'expériences sur moi, et je vais finir en pièces détachées, dans des bocaux exposés dans une université martienne quelque part dans une galaxie éloignée...

MAIS...

— N'aie pas peur, je ne te ferai aucun mal, te dit–elle. Je sais que je n'ai pas le droit d'intervenir, mais tu es ma vedette préférée, et je ne pouvais pas supporter de te voir périr dans cette histoire.

— QUOI ? VEDETTE PRÉFÉRÉE !

Qu'est-ce qui se passe ? Réponse au chapitre 50.

31

Intéressante, cette île, avec seulement l'ombre d'un château. Tu sais par expérience que c'est souvent dans ce genre d'endroit que vous découvrez des choses... TRÈS ÉTRANGES !

La passerelle constituée d'ossements vous dépose sur l'île comme une grande main. Tu cherches dans le vide, certain qu'il y a quelque chose sur cette île qui semble pourtant déserte. Tu avances, et TOC ! ta tête percute un mur solide mais complètement transparent...

— Il y a aussi un château ici-même sur cette île, informes-tu tes amis en te frottant la tête. Un château... INVISIBLE !

— INVISIBLE ? veut comprendre Marjorie. Comment allons-nous faire pour le visiter si nous ne pouvons pas le voir ?...

— Avec beaucoup de patience, lui dit son frère.

À tâtons, vous parvenez à trouver la porte... Est-elle verrouillée ?

Pour le savoir... TOURNE LES PAGES DU DESTIN !

Si elle s'ouvre, va au chapitre 90.

Si par contre elle est verrouillée, rends-toi au chapitre 61.

32

Marche jusqu'au chapitre...

33

Comme si vous étiez habillés de vêtements qui rendent invisibles, vous parvenez à traverser discrètement la passerelle jusqu'à la fenêtre d'un cachot.

— PSSST ! fais-tu, la tête entre les barreaux. Monsieur le maire !

Dans le cachot, le maire sourit et vient vers toi.

— Vous êtes parvenus jusqu'ici sans vous faire prendre ? s'étonne-t-il. Vous devez alerter les policiers… L'ARMÉE ! Non, mais, vous avez vu ces monstres ? Ce n'est pas du cinéma, ils sont bien réels, ces vampires… DE VRAIS VAMPIRES ASSOIFFÉS DE SANG !

— Calmez-vous ! Vous allez finir par attirer l'attention !

Le maire reprend son souffle…

— Impossible de vous sortir d'ici, l'endroit est trop bien gardé. Il faut trouver une autre solution, l'informe Jean-Christophe.

— Je les ai entendus parler tantôt, vous raconte le maire. C'est dans le plus petit château de Malvenue que se trouve le poste de commande de tous les châteaux.

— ET TOC ! dis-tu au maire, le visage éclairé par un sourire. Ne vous faites pas de souci, nous allons vous libérer…

Avec cet indice important, vous repartez vers le chapitre 4…

34

20 94

Choisis un passage...

35

Lorsque le ballon éclate, l'eau bénite couvre la vampire et durcit tout de suite. Toujours vivante, mais complètement collée au plafond dans la glace, la vampire hurle « *RUUUUUIIIIIII* ! ».

Tu ouvres la porte, et vous sortez dans le couloir. »

— Ce n'est vraiment pas de chance, dit Jean-Christophe. Les ballons d'eau bénite sont tout à fait inefficaces dans ce château. ILS GÈLENT ! ! »

— Suggères-tu de quitter au plus vite cet endroit ? lui demandes-tu.

— Ce n'est pas une suggestion, c'est une obligation, et ça urge…

Marjorie descend quelques marches, mais tu l'arrêtes.

— PAS PAR LÀ ! Tu oublies les fantômes…

Vous montez donc l'escalier et fouillez le château à la recherche d'une autre sortie. RIEN ! Complètement en haut de la plus haute tour, vous réfléchissez tous les trois. Tes doigts sont presque gelés.

— J'AI TROUVÉ ! s'exclame soudain Marjorie.

Elle prend plusieurs ballons, les transperce avec ses dents, puis fait couler l'eau dans le vide par une fenêtre. L'eau gèle immédiatement et forme un cylindre de glace… JUSQU'AU SOL !

Vous glissez tous les trois comme des pompiers jusqu'au chapitre 4…

36

Par un miracle incroyable, il y eut des survivants : les cinq princes, quelques femmes et plusieurs enfants. Mais dans leur château respectif, sur leur petite île flottante, le sang se faisait rare... TRÈS RARE !

En seulement quelques semaines, les princes, devenus très cruels ont décimé, à coups de longues canines, la population de femmes et d'enfants. Maintenant, seuls, isolés, ils dérivaient au gré des marées et de la houle qui, heureusement pour eux, les amenèrent sur des rivages où ils trouvèrent une nourriture abondante... DES HOMMES !

Le soleil chauffait leur peau. L'immortalité était peut-être leur seul réconfort. Une nuit, sur la mer noire, le destin a fait que les îles des cinq princes se rencontrèrent. Ils ont convenu de faire la paix, de ne pas s'embarquer dans une autre guerre vaine. Ils ont donc fait le pacte des châteaux de Malvenue, le pacte de conquérir ENSEMBLE le monde. Les cinq îles reliées les unes aux autres par de longues chaînes sont parties en ces temps-là... À LA CONQUÊTE DE LA PLANÈTE !

Va au chapitre 15.

37

RATÉ ! Le ballon va s'écraser sur le mur.

L'eau coule sur le mur et ensuite sur le plancher. Cerbère retient son souffle et se met à trembler. Il est comme effrayé…

Tu cherches à comprendre pourquoi. L'eau, lentement, s'approche de lui. Il recule. Tu comprends alors que toutes les créatures vivant dans les flammes de l'enfer ont comme une allergie chronique… À L'EAU ! L'eau les fait tousser à en perdre… LEUR NEZ ! Ce n'est pas très joli à voir…

Cerbère recule encore. Tu en profites pour tirer Jean-Christophe vers toi. Marjorie réussit à ouvrir la porte d'entrée. Dehors règne un silence surnaturel. Les vagues de la baie se sont tues. Le ciel est rouge… Tu sais parfaitement ce que ça veut dire : en ce moment même… DES VAMPIRES BOIVENT DU SANG !

Il est trop tard pour le maire et ses collaborateurs.

Une clameur brise soudain le silence. Sur l'île voisine, des dizaines de personnes au cou ensanglanté et aux canines pointues s'apprêtent à lancer un assaut sur la ville. C'EST LE MAIRE ! Il est devenu buveur de sang…

Avez-vous la moindre chance contre cette armée ?… NON !

FIN

Crois-tu être capable de marcher sur cette branche sans tomber ? Pour le savoir, mets un signet à ce chapitre, ferme ton livre et dépose-le debout dans ta main...

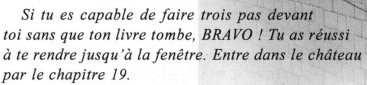

Si tu es capable de faire trois pas devant toi sans que ton livre tombe, BRAVO ! Tu as réussi à te rendre jusqu'à la fenêtre. Entre dans le château par le chapitre 19.

Si par contre ton livre est tombé par terre avant que tu aies pu faire les trois pas, tu chutes avec tes amis au chapitre 75.

39

Vu que les douves sont glacées, vous décidez d'y descendre pour inspecter l'endroit. Il y a peut-être une entrée, cachée…

Vous patinez sur la glace et découvrez une caverne. Vous y pénétrez sans hésiter. Le passage se rétrécit pour se transformer en un long tube sinueux. Les parois brillent de glace. Lorsque vous émergez du passage, vous vous retrouvez dans une galerie bordée par des dizaines de grosses colonnes. Tandis que vous explorez l'endroit, un hurlement à faire dresser les cheveux sur la tête retentit…

OUUUURRRAAAAAAA !

Ça tombe très mal ! Vous vous trouvez en plein centre de la caverne, là où il n'y a malheureusement pas d'endroit pour vous cacher.

OUUUURRRAAAAAAA !

Encore ce cri. Mais qui peut bien essayer de vous effrayer de la sorte ? À tes pieds, tu aperçois une ridicule petite créature haute de deux centimètres à peine. Elle ouvre la bouche et…

OUUUURRRAAAAAAA !

Marjorie pouffe de rire…

— Comme elle est jolie ! Je peux la garder ?

La petite créature ouvre encore plus grand la bouche…

FIN

FIN

41

L'iris de l'œil grandit… IL VOUS A APERÇUS !

La porte s'ouvre avec fracas, **BRAAAAAAAAM !** et vous êtes tous les trois aspirés à l'intérieur par une puissante tornade.

Derrière vous, la porte se referme, **BLAM !** et tout se calme. Debout près de tes amis, tu te sens encore tout étourdi. Lorsque tu recouvres tes sens, tu découvres autour de toi des objets assez inquiétants ayant appartenu à un magicien.

Sur une table trône un chapeau haut-de-forme dans lequel se trouvent les restes squelettiques d'un lapin.

POUAH !

Une cape noire couverte de poussière pend sur une patère. Sur le mur du fond sont accrochés des anneaux truqués, une baguette magique, des mouchoirs et des cordes à nœuds. Tu vois aussi une tablette pleine de bocaux remplis de poudre colorée. Des ingrédients pour pratiquer la magie sans doute…

Dans un coin, plusieurs épées sont plantées dans une grande caisse de bois peinte d'arabesques. Tu te rappelles ce fameux truc que l'on peut encore voir dans les foires…

Tu t'approches de la boîte au chapitre 72 pour regarder s'il n'y a pas à l'intérieur…

Tu ravales bruyamment ta salive en t'approchant plus près du tableau.

Va au chapitre 84.

43

Vous lancez tout votre stock de ballons remplis d'eau bénite.

BRAOOOUMMM ! BRAAAAAMM !

Deux vampires ont été atteints et sont disparus dans une explosion de poussière. Il n'en reste que trois.

OUI ! c'est maintenant trois contre trois, mais tu sens que le combat est encore injuste, très injuste. Un vampire fonce directement sur toi. Tu attrapes la roue du gouvernail, et les quatre îles tanguent et s'entrechoquent dans un grand fracas.

BRAOOOUUUUUMMM !

Une vieille tour fragile s'effondre, et le poids des pierres emporte dans les abîmes de la mer un autre vampire. Ils ne sont plus que deux. Ils disparaissent dans les nuages, sans doute pour mieux attaquer.

Au loin, Marjorie aperçoit les lumières d'un navire...

— UN DESTROYER ! vous montre-t-elle avec son doigt. Le maire a envoyé la marine !

Un grand coup de vent survient, et un vampire attrape son bras et la soulève...

— AAAAAAAAAAAAHHHH !

Allez au chapitre 97.

44

Comme vous êtes braves, vous avez décidé de prendre le taureau par les cornes, ou plutôt de prendre le monstre par les pustules. Attaquer le plus grand château, voilà ce que tout bon chasseur de fantômes ferait...

La passerelle constituée d'ossements craque sous chacun de vos pas. L'île flottante sur laquelle a été érigé le château est constituée de roc solide. Vous n'avez donc pas à vous soucier de voir surgir des zombies d'un quelconque cimetière.

Un sentier éclairé par des torches conduit à une grande porte. Frapper avant d'entrer ? JAMAIS ! Il n'est absolument pas question d'annoncer votre arrivée à ces buveurs de sang insatiables.

Tu colles une oreille sur la porte...

— C'est beau ! Nous pouvons y aller...

Tu tires le loquet et tu pousses la porte. PARFAIT ! c'est ouvert...

Ce n'est que lorsque tu ouvres la porte complètement que tu découvres...

... au chapitre 96.

45

Soudain, un doute horrible t'envahit...

Tu recules et parviens à atteindre le rivage de la baie. Au bout du quai, aucun bateau n'est amarré... BIZARRE ! Il fait sombre, au loin tu n'y vois rien. Dans le ciel, un nuage s'écarte lentement et laisse apparaître la lune. Elle jette alors sa faible lumière sur toute la baie. Tu tombes presque à la renverse lorsque tu aperçois des îles flottantes sur lesquelles se dressent cinq très lugubres châteaux...

Tu lances un regard affolé vers le quai. Tous les dignitaires de Sombreville se dirigent vers une longue passerelle faite avec des ossements.

— NON, CE N'EST PAS POSSIBLE ! Ils vont se jeter en plein dans la gueule des... VAMPIRES !

Tu fonces vers le quai, mais tu es aussitôt stoppé par les deux gardes du corps du maire.

— IL FAUT À TOUT PRIX QUE JE PARLE À MONSIEUR LE MAIRE ! hurles-tu, immobilisé. C'EST UNE QUESTION DE VIE OU DE MORT !

Rends-toi au chapitre 99.

46

Examine attentivement le grand bouquin des sortilèges vaudou et ensuite rends-toi au chapitre 59.

SORTILÈGES MACABRES VAUDOU

FIGURINE DU FEU

LA MORT SOUS LES PIEDS

POUPÉE VAMPIRE

47

Tu refermes tout de suite la porte de la boîte devant cette horreur.

Sur un autre mur sont exposés toutes sortes de tableaux aux sujets étranges. Vous osez vous en approcher. La plus grande toile représente un homme à deux têtes ; un homme plus petit lui montre un enfant avec une peau de lézard. Sur un autre tableau est peint un homme-crabe. Il possède de grandes pinces à la place des mains.

Ton regard est soudain attiré par une autre boîte posée à l'horizontale. Elle a été coupée en deux parties, sans doute avec une scie. Ce tour-là, tu le connais aussi... Juste comme tu te dis qu'il n'est pas question d'ouvrir cette boîte-là, le couvercle est agité de soubresauts.

Vous vous mettez à reculer tous les trois lorsque vous apercevez une main qui soulève le couvercle. Lentement, le tronc d'un cadavre coupé en deux s'assoit dans la boîte et se tourne vers vous, pendant que des jambes font sauter le couvercle de l'autre boîte et en descendent d'une manière lugubre...

Allez au chapitre 14.

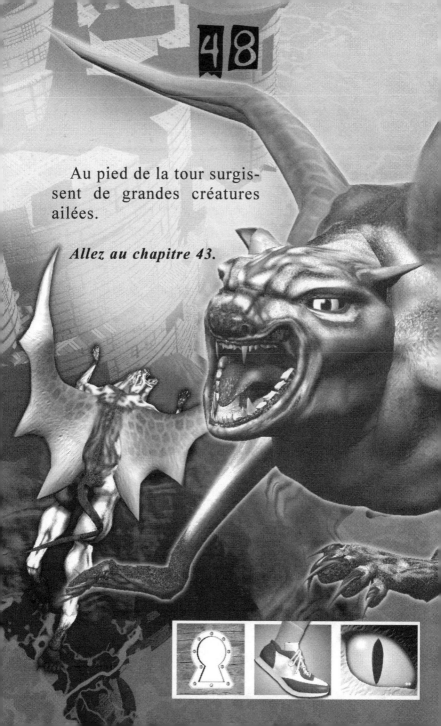

Au pied de la tour surgissent de grandes créatures ailées.

Allez au chapitre 43.

49

Vous filez comme des fusées en direction de la passerelle pour finalement parvenir au quai. Les deux mains sur les hanches, tu reprends ton souffle.

Téméraires comme ce n'est pas permis, vous retournez sur l'île. BON ! La créature semble être partie. Vous retournez à l'intérieur du château invisible. À genoux, tu parviens à trouver une trappe sur le plancher et tu l'ouvres sans hésiter. Un escalier, VISIBLE cette fois-ci, vous permet d'explorer les profondeurs du château.

Vous descendez. Des murs de pierres bien solides ont fait place aux murs transparents. Ton instinct te dit que tu vas trouver quelque chose de très important.

Beaucoup plus bas, dans une salle circulaire, une grande statue pointe vers un mur sur lequel il n'y a ABSOLUMENT rien. En poussant très fort, Jean-Christophe réussit à le faire pivoter. Il y a de la poussière partout. Ton cœur bat très vite. Que peut bien cacher ce château invisible, au plus profond de son sous-sol, derrière le mur d'une salle secrète ?

— Quelqu'un veut un soda ? vous demande Jean-Christophe. Ce n'est que le distributeur de boissons gazeuses des vampires…

FIN

50

— Je viens du futur, de ton futur, t'explique la créature. Je suis un humain de la Terre, tout comme toi. Des millénaires nous séparent. À mon époque, la téléréalité a fait des progrès immenses, et nous pouvons voir le passé sur nos écrans. L'émission la plus populaire est la vôtre : *Les aventures terrifiantes des Téméraires de l'horreur*. Tous les jeunes du futur vous écoutent... TOUT LE TEMPS !!!

— Mais tu disais qu'il allait m'arriver malheur très bientôt. Qu'est-ce qui m'arrive au juste ? Et mes amis, eux, ils s'en sortent ?

— Non, pas plus que toi ! Mais il n'y a aucun problème puisque je vais te renvoyer dans ton époque quelques heures avant que toute cette fâcheuse histoire débute. Avant même l'arrivée des châteaux de Malvenue. Tu pourras tout expliquer aux autorités et ainsi éviter une catastrophe.

— EXCELLENT ! te réjouis-tu.

— Mais avant tout, je veux que tu me rendes un petit service. Mes amis et moi aimerions avoir ta signature. J'ai quatre milliards trois millions huit cent quatre-vingt mille deux cent soixante-quatorze copains et copines, et selon mon calcul, tu n'en as que pour quelques siècles...

FIN

51

Tu prends les deux pièces et tu les attaches ensemble avec du fil.

Lorsque tu t'apprêtes à introduire une longue aiguille dans le torse de la poupée... ELLE SE MET À BOUGER !

Tu recules... TERRORISÉ !

La poupée marche sur la table. Tu attrapes la chandelle afin de brûler cette créature du diable à qui tu as malheureusement donné vie.

Jean-Christophe t'arrête lorsqu'il s'aperçoit que la poupée se prépare à sauter en bas de la table. Vous la suivez tous les trois. Elle clopine à vive allure jusqu'à l'extérieur.

Dehors, elle s'arrête et pointe son doigt en direction d'un des châteaux. Jean-Christophe sourit.

— Le sortilège a réussi, et MIEUX que nous l'espérions...

— Qu'est-ce que tu veux dire ? tente de comprendre Marjorie. Je ne saisis pas ce qui se passe ici...

— La poupée nous indique l'endroit où nous devons nous rendre, lui réponds-tu à la place de Jean-Christophe. LE PETIT CHÂTEAU ! Nous devons aller dans le petit château...

ALLEZ-Y ! Par le chapitre 4...

Allez vers le chapitre...

53

Le maire et ses collaborateurs ! Enfermés dans des cachots, ils sont encore en vie. Une meute de chiens à trois têtes garde les lieux. Ce Cerbère a une grande famille...

Comme si vous aviez pratiqué l'escalade toute votre vie, vous descendez rapidement les pierres et les poutres de la tour à demi effondrée. Comme des espions en mission importante qui décideront du sort du monde, vous rampez sur le sol. Devant vous, la passerelle sur laquelle se sont endormis les chiens de garde se balance au gré des vagues.

DODO, beau dodo...

De l'autre côté, il y a les cachots.

Tu regardes Jean-Christophe, il te fait oui de la tête, mais Marjorie, elle, fait... NON !

— Attends-nous ici, lui ordonnes-tu dans ce cas. Si l'un de ces animaux mutants se réveille, fais-nous signe.

— Quel signe je dois faire si ça arrive ?

— Tu cries : ATTENTION ! IL Y EN A UN QUI S'EST RÉVEILLÉ ! lui dit son frère. Ce n'est pas compliqué...

— Peux-tu répéter ?

— Cesse tes niaiseries !

En silence, tu te diriges avec Jean-Christophe vers la passerelle au chapitre 33.

En effet, vissé à un gros arbre, il y a un système pouvant activer l'invisibilité du château et l'alarme générale. Il s'agit d'appuyer sur le bon bouton pour rendre enfin visible ce foutu château...

62 74

55

Une longue passerelle lugubre vous amène à un curieux château bleu, brillant et un peu transparent. Il fait de plus en plus froid ici et... DE LA NEIGE TOMBE SUR LE SOL !

Ça, ce n'est pas normal pour cette période de l'année, même à Sombreville, où il se passe toujours des choses pas très normales...

Comme toujours, vous avez emporté tout ce qu'il vous faut dans vos sacs à dos sauf des vêtements chauds. Votre pas s'accélère, et vous avez très hâte de vous mettre à l'abri.

C'est une chance, le pont-levis a été abaissé sur des douves glacées. Ce rempart d'eau qui habituellement protège les châteaux est complètement gelé...

Tu poses la main sur la poignée de la porte. Elle est tellement froide que ta main reste presque collée. Est-ce que la porte est verrouillée ?

Pour le savoir... TOURNE LES PAGES DU DESTIN !

Si elle est déverrouillée, entrez dans le château par le chapitre 80.
Si par contre elle est verrouillée, allez au chapitre 39.

S'il n'y avait pas le très grand risque d'attirer un vampire, tu hurlerais ta joie en voyant que vous êtes ENFIN sortis de ce foutu labyrinthe...

Un escalier vous conduit à une pièce octogonale. Une boule de cristal placée sur un socle de marbre noir vous renvoie les reflets du ciel bleu foncé éclairé faiblement par la lune.

Lorsque tu t'approches, de la fumée se forme dans la boule. Tu es tout étonné de voir des images... DE TOI ! Comme dans une petite télé, tu te vois marcher avec Marjorie et Jean-Christophe à tes côtés.

— Nous ne sommes jamais passés par là, remarque Jean-Christophe. Alors c'est notre avenir que nous montre cette boule de cristal.

— Il ne peut s'agir que du château où nous devons aller pour trouver les cinq vampires, en conclut Marjorie. Sinon, ça serait complètement inutile de traverser les dédales de ce labyrinthe.

— Tu as raison ! fais-tu en prenant ton amie par l'épaule.

La boule de cristal vous montre clairement... L'ENTRÉE DU PLUS PETIT CHÂTEAU !

Lorsque la fumée se dissipe, l'image disparaît...

Dans la pièce, un passage secret s'ouvre CRRRRRRRR ! *et vous ramène au chapitre 4...*

57

Avec l'aide de Jean-Christophe, tu parviens à comprendre le fonctionnement des leviers.

— FACILE ! t'écries-tu.

— C'est un peu comme un mélange de jeux vidéo et de cuvettes de toilettes, dit Marjorie.

— Je ne vois pas le rapport, essaie de comprendre son frère.

— Moi non plus, lui répond sa sœur, mais je voulais juste dire ça...

Jean-Christophe la regarde, un peu découragé.

Tu pousses un levier, et aussitôt, les chaînes qui retenaient l'île se libèrent de leurs amarres. Tu fais faire plusieurs tours à la grande roue et tu actionnes les moteurs. Les quatre îles se dirigent lentement vers la haute mer et quittent la baie de Sombreville.

En regardant par le télescope, tu constates avec joie que les administrateurs ont réussi à s'échapper du donjon et qu'ils regagnent la rive à la nage. Sur le quai, le maire reprend son souffle. Tu lui fais de grands signes avec les bras. IL T'A APERÇU ! Il pointe les îles qui s'éloignent...

Allez au chapitre 13.

58

Des mains bleues aux longs doigts arrivent vers vous ! Est-ce que ces fantômes polaires vont réussir à vous attraper ?

Pour le savoir… TOURNE LES PAGES DU DESTIN !

S'ils réussissent à vous attraper, vous êtes tous les trois tirés vers le chapitre 3.

Si par contre vous parvenez à vous échapper, montez le grand escalier au chapitre 77.

59

Tu examines minutieusement chacune des pièces posées sur la table du chapitre 60. Afin de constituer une poupée vaudou à l'image des princes vampires, quelle combinaison de pièces devrais-tu utiliser ?

Il est strictement interdit de retourner au chapitre précédent pour consulter le bouquin des sortilèges, sous peine de malédiction...

Si tu penses que les pièces A et D vont bien représenter les vampires, va au chapitre 2.

Si tu crois plutôt que les pièces B et E seraient parfaites, rends-toi au chapitre 51.

Si par contre tu as la certitude que les pièces C et F sont celles qu'il faut pour construire une poupée vaudou efficace contre les vampires, va au chapitre 65.

DOMMAGE ! Elle est verrouillée...

Inutile de chercher une autre façon d'y entrer.
Essayer de trouver une entrée secrète, cachée et
invisible, c'est comme essayer de trouver un vampire qui n'aime pas le sang...

C'EST COMPLÈTEMENT STUPIDE !!!

Vous rebroussez chemin.

ZUT ! l'extrémité de la passerelle est tombée et
descend directement dans l'eau de la baie. NON,
PAS ZUT !

Comme par magie, l'eau s'est écartée, et il y a
maintenant un passage pour aller vers le fond...

— Mais qu'est-ce qui se passe ? veux-tu comprendre. C'est de la sorcellerie. Est-ce que
quelqu'un nous tend un piège ?

Il n'y a qu'une façon de le savoir...

Allez au chapitre 92.

62

OOOOOOOUUUUUUUUUUUUUUU !

OH ! OH ! mauvais bouton…

Au-dessus de la forêt apparaissent tout de suite cinq chauves-souris géantes… LES CINQ PRINCES VAMPIRES !

Vous essayez de les atteindre avec vos ballons remplis d'eau bénite, mais ils volent trop haut dans le ciel. Votre stock épuisé, un vampire fonce. Tu te jettes par terre…

— RATÉ ! ESPÈCE DE VIEUX DÉBRIS DE CERCUEIL !

Quelque chose coule dans ton cou… DU SANG ! Malheur, il t'a bel et bien mordu.

Trois vampires entourent Marjorie. Tu sens ta force décupler parce que tu deviens toi aussi l'un des leurs. Mais toute la méchanceté des vampires ne peut pas faire disparaître l'amitié que tu as pour tes amis. Tu te propulses pour les protéger des princes vampires. Une longue bataille commence… À COUPS DE CANINES !

Marjorie et Jean-Christophe réussissent à s'échapper. Les cinq princes t'entourent. Tu t'élances dans le ciel et tu reviens à la charge. Tes ailes noires toutes déployées, tu parviens à les faire tomber comme de simples quilles sur une allée de jeu de quilles… La bataille durera plusieurs siècles avant que tu ne… PERDES !

FIN

Vous vous approchez tous les deux…

— C'est un ascenseur, vous apprend-il. Prenez place !

À peine avez-vous posé votre derrière sur un fauteuil que Jean-Christophe appuie sur le bouton. Le sol gronde, et vous sentez que les cinq fauteuils s'élèvent lentement.

GRROOOOOUUUUUUU !

Les étages de la tour défilent autour de vous. Tu serres les bras du fauteuil lorsque tu aperçois une créature terrifiante qui descend un escalier. Elle s'arrête au moment où elle te voit, puis elle se met à remonter les marches… EN COURANT !

MAUVAISE NOUVELLE !

Marjorie grimace, et Jean-Christophe, placé dos à vous, cherche de tous les côtés pour savoir ce qui se passe.

L'ascenseur poursuit sa montée et finit par s'arrêter au sommet. Marjorie et toi, vous vous lancez vers la porte pour la barricader. Immobiles, vous écoutez. Derrière la porte, des pas lourds résonnent puis s'arrêtent.

Tu regardes Marjorie qui est blanche comme un drap.

BANG ! Le monstre frappe…

Vous sursautez tous les deux, au chapitre 17.

Tu te grattes la tête et tu décides d'aller vers le chapitre...

65

Tu prends les deux pièces et tu les attaches ensemble avec du fil.

Sans attendre, tu enfonces une très longue aiguille dans le milieu du torse de la poupée vaudou, qui s'enflamme aussitôt.

Marjorie lève les épaules…

— Et puis ? Tu crois que le sortilège a fonctionné ?

— Je ne sais pas…

Vous sortez de la baraque, question d'observer les alentours.

— Et alors ? insiste Marjorie.

— Je crois qu'oui, mais le temps nous le dira…

Certains que vous avez réglé le cas des vampires, vous retournez vers le quai. Sur la passerelle, vous remarquez que de la fumée et du feu s'échappent de plusieurs maisons de Sombreville.

Vous courez derrière les camions de pompiers qui arrivent. En tournant le coin de la rue, tu constates avec horreur… QUE C'EST TA MAISON QUI BRÛLE ! Tu es tout étonné de voir qu'un gigantesque cylindre de métal a transpercé ta chambre. Ce cylindre ressemble en tous points à l'aiguille que tu as utilisée sur la poupée vaudou plus tôt…

FIN

66

La légende des cinq familles

Cette légende invraisemblable remonte à la préhistoire, aux temps les plus reculés où les continents ne formaient qu'une seule et unique masse de terre. Une longue guerre s'était amorcée pour la domination du continent. Cinq tribus se disputaient ce qui allait devenir le plus grand royaume.

Des centaines de batailles eurent lieu. Pendant des années, le sang des guerriers coula sur les terres et se mélangea aux eaux limpides et bleues des rivières. L'eau devint graduellement rose, puis rouge. Tous les membres des cinq familles buvaient cette eau.

Lentement, au fil des siècles, le sang finit par constituer leur seule nourriture.

Un jour vint la plus grande bataille. Cet ultime affrontement allait enfin décider du sort de tous. Réunies sur le plateau, les cinq armées convergeaient vers leur destin lorsque la terre s'ouvrit sous leurs pieds. Dans les failles profondes de la terre s'engloutirent toutes les armées.

Suite au chapitre 36.

67

— Non, mais, vous réalisez ce que vous planifiez de faire ? essaie de vous faire comprendre Marjorie. DE LA SORCELLERIE ! Ça va à l'encontre de tout ce que nous défendons depuis des années. C'est comme si nous devenions nous aussi... DES MÉCHANTS !

— Je le sais très bien, mais si nous réussissons, tente de lui expliquer son frère, nous pourrions sauver plusieurs vies...

— Entre autres les nôtres ! lui précises-tu... Ça, c'est une foutue bonne raison...

Pas du tout d'accord et voyant qu'elle n'aura jamais raison, Marjorie se retire dans un coin et vous laisse tous les deux... VOUS AMUSER À JOUER À LA POUPÉE ! Même si vous avez depuis longtemps passé l'âge...

Avec l'aide d'un grand bouquin, vous rassemblez sur la table toutes les pièces et les ingrédients nécessaires au rituel.

Allez au chapitre 46.

Juste comme vous arrivez devant la première marche,

BRAAAAOOOOOOOOUUUM !

atterrit dans l'escalier Cerbère, complètement métamorphosé : plus gros, plus méchant... ET PLUS EN COLÈRE !

Allez au chapitre 7.

69

— QUI ? essaie de savoir Jean-Christophe. QUI ?

— Le lapin de Pâques ! lui répond sa sœur pour se moquer. Une saleté de vampire, qui d'autre veux-tu que ce soit…

Nerveux et sur vos gardes, vous montez les marches. À ta gauche, tu ne vois pas la main bleue sortie d'un autre tableau. Elle s'approche de toi, les griffes bien tendues.

Tu as l'impression étrange qu'il se passe quelque chose, tu tournes la tête.

ZVOOOUUUUUCH !

La main bleue disparaît en une fraction de seconde, si vite que tu ne t'es rendu compte de rien. Dans ta tête, la peur s'installe. Jean-Christophe pose le pied sur une marche qui, curieusement, s'enfonce.

SCHHHHHH !

Autour de vous, dans un boucan incroyable, les murs et le plancher se mettent à bouger.

CLINK ! CLINK ! CRIIIIIC !

Tu t'agrippes à la rampe. Enfin, le vacarme cesse, mais tout autour de vous a changé. Le plancher est maintenant à la verticale, et le mur de tableaux a pris la place du plancher.

Suspendu, les pieds dans le vide, tu regardes au chapitre 8.

Tous les trois à bout de patience, vous parvenez à la dernière partie du labyrinthe au chapitre...

71

Vous marchez sur cette drôle de passerelle. Chaque fois que tu y déposes un pied, **CRAC !** les os craquent...

— Logiquement, réfléchit Marjorie, chacun de ces châteaux abrite un très vieux prince vampire.

— Oui, mais ce soir, il y a une réception, lui rappelles-tu. Au moment où l'on se parle, les cinq buveurs de sang doivent être en train de se régaler des administrateurs de la ville.

— Tu crois que nous faisons fausse route et qu'il n'y a personne dans celui-là ?

— Je ne compterais pas là-dessus. Ils sont peut-être fous, mais pas au point de laisser les châteaux sans surveillance...

Autour de la plus grande tour virevoltent des chauves-souris, les petits animaux tant chéris des vampires. Ces bêtes possèdent aussi une dentition plutôt proéminente... À ÉVITER !!!

Vous parvenez sans encombre devant la grande porte qui s'élève très haut devant vous. Est-elle verrouillée ?

*Pour le savoir... **TOURNE LES PAGES DU DESTIN !***

Si elle n'est pas verrouillée, ouvrez-la au chapitre 78.
Si par contre elle est bien verrouillée, allez au chapitre 25.

72

Tu tends la main et tu ouvres la porte…

Tu fais un pas vers l'arrière au chapitre 47.

73

Vous courez vers la passerelle, mais rapidement les fantômes vous encerclent…

OOOOOOOOUUUUUAH !

Vous laissez tomber pierres précieuses, colliers de perles, couronnes en or, enfin, tout ce que vous aviez pris. Ça ne semble pas intéresser les fantômes qui approchent quand même, couteaux entre les dents.

Juste comme tu crois que tout est terminé, les fantômes disparaissent. Quelque chose les a effrayés. Vous vous regardez tous les trois sans trop comprendre ce qui se passe.

Un bizarre petit poisson rouge à deux têtes avance vers vous.

Tu te demandes pourquoi ces cruels fantômes ont eu si peur de ce si petit poisson. POURQUOI ? Parce que justement, ce petit poisson a deux têtes. Il ne peut que manger sans jamais pouvoir aller aux toilettes. Cette situation le frustre plus que tout et lui donne un très mauvais caractère…

FIN

Sous vos yeux ébahis, le château se matérialise.

Vous vous jetez à l'intérieur sans attendre. Vous fouillez de fond en comble sans rien trouver d'intéressant. Une tapisserie sur un mur illustre l'histoire d'une bataille féroce tout en haut d'une tour. Cinq vampires survolent trois personnes que tu sembles... RECONNAÎTRE !

— CROTTES DE CACA ! s'écrie Marjorie, qui a aussi remarqué. C'EST NOUS !

La scène montre clairement que vous allez perdre la bataille.

— Ce n'est pas étonnant ! se choque Jean-Christophe. Ils sont cinq, et nous ne sommes que trois.

Tu examines attentivement la tour afin de déterminer dans quel château vous devriez aller...

— C'est dans le plus petit ! montres-tu à tes amis. Allons-y ! Ce n'est qu'une stupide tapisserie, et ce n'est pas ça qui va m'effrayer... Nous allons tout faire pour ruiner les vacances de ces princes vampires...

Partez vers le chapitre 4.

75

Tu chutes lourdement, entraînant tes amis avec toi.

BAAAAANG ! font tes fesses lorsqu'elles touchent le sol, et **CRAAAC ! BAAANG !** fait la grosse branche lorsqu'elle se casse et heurte ta tête...

Tu ouvres les yeux. AÏE ! ta tête te fait très mal. Il fait particulièrement noir, et où sont tes deux amis ?

— Jean-Christophe ? Marjorie ? Vous êtes là ?

Silence...

Couché sur le sol, tu tentes de te relever, mais ta tête frappe quelque chose de plus dur qu'elle...

POK !

On dirait que tu es enfermé dans une caisse de bois... UN CERCUEIL !!!

Tu pousses de toutes tes forces, mais c'est inutile puisque tu es enterré et qu'il y a une tonne de terre au-dessus de toi. Des heures s'écoulent, tu as soif et très, très faim. Un ver de terre passe sur ta main. NON ! Tu ne peux pas manger ça ! NON ! Pas aujourd'hui, mais demain OUI ! car tu auras beaucoup trop...

FAIM

Rends-toi au chapitre inscrit sur le passage que tu désires emprunter...

77

Les marches sont très glissantes. Tu traînes Marjorie en tirant sur son chandail. Vous courez et parvenez à semer les fantômes en disparaissant derrière une porte. Dans la chambre où vous vous trouvez...

— Quelqu'un dort dans le grand lit ! chuchote Marjorie, les yeux agrandis par l'inquiétude.

Sous les couvertures, tu devines les formes sinueuses d'un corps couché. Vous vous serrez tous les trois les uns contre les autres.

— Il faut sortir d'ici !

BONNE IDÉE !

Tu poses la main sur la poignée, mais tu t'arrêtes lorsque tu entends « *OOOOOUUUUUU !* » dans le passage, de l'autre côté de la porte... VOUS NE POUVEZ PAS SORTIR !

Tu te retournes vers le lit et tu constates... QU'IL N'Y A PLUS PERSONNE DEDANS !

Marjorie t'attrape un bras et te serre très fort en pointant le plafond...

Tu lèves la tête au chapitre 16.

78

Elle n'est pas verrouillée ! Tu voudrais bien te réjouir, mais tu préfères attendre de voir ce qu'il y a de l'autre côté...

Jean-Christophe, qui est le plus fort, pousse la lourde porte, qui s'ouvre en grinçant.

CRRRRRRRIIIIIII !

Par terre, un crâne te regarde. Tu sursautes. Un petit serpent vert fluorescent entre par une orbite et ressort par l'autre... DÉGOÛTANT !!! Marjorie enjambe le squelette et entre.

Tu fouilles dans ton sac à dos et tu prends un petit ballon rempli d'eau bénite. Mieux vaut être prêt à toute éventualité...

Des armures rouillées et couvertes de toiles d'araignées bordent les murs jusqu'à une double porte. Tu les examines attentivement pour voir si quelqu'un ou quelque chose ne se cacherait pas à l'intérieur.

Deux grands escaliers conduisent à une mezzanine. Sans vous consulter, vous empruntez spontanément l'un d'eux. Il y a des tableaux à la fois effrayants et intrigants sur les murs.

Tu t'approches de l'un d'eux au chapitre 42.

79

Vous courez dans toutes les directions. Plus rapide que toi, le cadavre réussit à te cerner dans un coin juste comme tu allais suivre tes amis qui, eux, très chanceux, arrivent à s'éclipser par l'entrée.

Tu retiens ta respiration pour ne pas renifler l'atroce odeur de décomposition. Dans un effort ultime, motivé par ta volonté de ne pas finir entre les griffes de ce monstre, tu fonces toi aussi vers la porte.

SUPER !

Tu parviens à sortir. Mais où sont tes amis ? Dehors, tu ne vois absolument rien, car il tombe une pluie torrentielle. Tu cours quelques minutes pour t'arrêter seulement lorsque tu constates que tu es égaré.

CURIEUX ! Le sol est mou... TRÈS MOU ! Une masse informe se tient près de toi. Est-ce que c'est Marjorie qui est tombée dans la boue ? Elle est si maladroite... NON ! C'est une créature des marais...

Tu t'enfonces et tu ne peux plus fuir...

FIN

80

Le bout des doigts presque gelé, tu pousses sur la grande porte. Derrière, un hall magnifique vous éblouit. Un grand escalier majestueux mais sinueux monte très haut et disparaît dans le château. Il y a partout des meubles splendides sculptés dans de la glace. Dans un immense foyer, des flammes bleues crépitent. Tes pieds quittent le tapis de neige et se posent sur le plancher de glace. Tout de suite, tu te mets à glisser pour finalement t'aplatir le visage sur un mur froid...

BLAAAANG !

Tu te relèves, un peu étourdi...

— Je pense qu'il faut faire très attention lorsque nous marchons sur la glace. Nous ne voulons pas nous casser la gueule...

Main dans la main, Marjorie et Jean-Christophe approchent du foyer. Tu t'y diriges toi aussi, question de te réchauffer un peu. Ces curieuses flammes bleues ne dégagent pas de chaleur et possèdent des yeux très cruels qui vous regardent ! Marjorie se met à trembler, de froid et surtout... DE PEUR !

Allez au chapitre 58.

81

SPLAAACH !

Comme l'avait prédit Marjorie, l'eau bénite n'a pas fait disparaître Cerbère, mais a tout de même éteint les flammes. Cerbère se met à tousser comme s'il était pris d'une vilaine crise d'allergie. L'eau n'est peut-être pas compatible avec une créature qui vit dans les feux de l'enfer...

TCHOOOUUU ! TCHOOOUUU ! TCHOOOUUU !

Vous tirez Jean-Christophe jusqu'au couloir trop étroit pour Cerbère, c'est parfait...

Un dédale d'escaliers, de salles et de couloirs vous amène complètement au sommet d'une tour à moitié écroulée. Avec précaution, vous parvenez à atteindre une partie assez solide où vous ne risquez rien. Devant vous s'étend Sombreville, endormie malgré la menace réelle des vampires.

Tu aperçois sur une autre île flottante le donjon principal. De grandes chaînes rouillées relient les îles de Malvenue les unes aux autres.

Avec ta lunette d'approche, tu aperçois au chapitre 53...

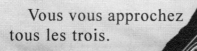

Vous vous approchez
tous les trois.

*Compare
l'emplacement
du « X » à l'image
du chapitre 4. Il te
révèle l'emplacement
exact du château dans
lequel le maire est tenu
prisonnier.*

83

Cachés derrière une colonne, vous attendez très longtemps avant de bouger. Le ciel se couvre, et la pluie se met à tomber de plus en plus fort.

Sous vos pieds, le sol commence sérieusement à ramollir. Par crainte de vous enfoncer comme dans des sables mouvants, vous vous éloignez et vous parvenez à atteindre un îlot de terre plus dure sur lequel se dresse une baraque délabrée. Vous entrez, question d'attendre une accalmie.

Sur une table, autour d'une unique chandelle presque toute consumée, vous remarquez de bien curieuses figurines...

— C'est quoi, cet endroit ? demande Marjorie. Une maison de poupées pour enfants vampires ?

— Idiote ! lui répond son frère. Ce sont des... POUPÉES VAUDOU ! Des sorciers malfaisants utilisent ces figurines à l'image de leurs ennemis pour leur infliger des souffrances. Il suffit d'introduire une aiguille dans le chiffon.

— Tu crois que nous pouvons fabriquer cinq poupées vaudou pour exterminer les cinq princes vampires ? demandes-tu à Jean-Christophe.

— OUI ! je pense que nous avons tout ce qu'il faut ici...

Allez au chapitre 67.

Tu baisses la tête pour lire le nom sur la pla-
quette dorée.

— AL LUCARD ! lis-tu. Mais c'est le nom de
Dracula, inversé...

SOUDAIN, tu relèves la tête !...

Rends-toi au chapitre 21.

Vous avez énormément de chance…

Toujours protégés par la bulle d'air, vous finissez par atteindre la rive de la baie. Heureux, les poches pleines de bijoux d'une très grande valeur, vous pensez à tout ce que vous pourrez vous acheter avec cette fortune. Vous en oubliez votre mission.

Dans ton lit, tu t'endors avec ta fortune sous ton oreiller. Le lendemain à ton réveil, tu penses un peu au maire et à ses collaborateurs. Tu essaies de te convaincre que ce sont des adultes parfaitement capables de résoudre leurs propres problèmes…

Dans la salle de bains, tu remarques avec horreur que… TU AS DEUX PETITS TROUS SUR TON COU ! Les rayons de soleil qui traversent la fenêtre chauffent ta peau…

NOOOOOOOOOOON !

Tu appelles tout de suite tes amis…

MÊME CHOSE ! Comme toi, ils ont été mordus lorsqu'ils dormaient et sont devenus eux aussi des vampires.

QUEL GRAND MALHEUR ! Tout cet argent, et pas moyen de dépenser un seul sou. POURQUOI ? Parce que les magasins ne sont jamais ouverts… LA NUIT !

FIN

Marchez jusqu'au chapitre...

87

Juste avant que tu t'engouffres dans le tableau en flammes, ton ami réussit à t'attraper et à te tirer hors de danger. Tous les deux assis sur la colonne, vous souriez.

Sur les toiles de tous les tableaux apparaissent soudain des visages sans yeux de personnes mortes.

— DES TABLEAUX FANTÔMES ! s'écrie Marjorie à l'autre bout.

OH, OH ! c'est le temps de filer. Tels des funambules sur un fil, vous traversez le hall en marchant sur la colonne. Le grand plafonnier vous barre la route.

— Donne-moi un ballon d'eau bénite ! te demande Jean-Christophe. Je vais éteindre ces saloperies de chandelles, et nous pourrons passer.

— T'ES FOU ! C'est du vrai gaspillage ! Nous allons avoir très, très, super besoin de ces ballons lorsque nous arriverons face à face avec les vampires…

— Tu veux absolument rester ici avec ces horreurs-là ? te demande-t-il en pointant les fantômes.

Tu tournes le dos à ton ami, qui a vite fait de prendre un ballon. Avec ses dents, il fait ensuite un trou dans le ballon et réussit adroitement à éteindre toutes les chandelles…

Allez rejoindre Marjorie au chapitre 27.

34

Allez vers le chapitre...

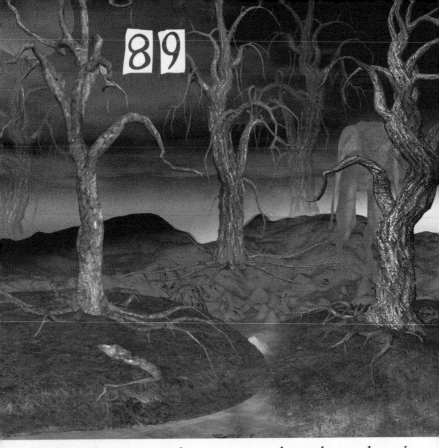

Tu remarques tout à coup que quelque chose a bougé.

Si tu crois qu'une branche est tombée sur le sol, rends-toi au chapitre 18.

Si tu penses qu'une silhouette vient de se glisser entre deux arbres, va au chapitre 22.

C'est très étrange de pousser une porte que tu ne peux pas voir...

Vous entrez tous les trois. Tes pieds sont à un mètre au-dessus du sol parce que le plancher aussi est invisible...

Vous cherchez pendant de longues minutes sans trouver d'autre issue que celle par laquelle vous êtes entrés. Tout ce que cette visite vous a apporté, ce sont des prunes, c'est-à-dire des petites bosses sur la tête à force de vous frapper un peu partout sur les murs que vous ne pouvez pas voir...

— C'est inutile de rester ici, te dit Marjorie. Nous n'y voyons absolument rien...

Mais tu as la certitude que quelque chose d'important est caché dans ce château. Pourquoi serait-il invisible alors ?

Tu réfléchis quelques instants en regardant les arbres morts au loin...

... au chapitre 12.

91

Les doigts de Jean-Christophe effleurent ton bras. Son regard croise le tien, et tu tombes. Tu fermes les yeux et tu te prépares au choc.

Comme dans une bouche d'égout, tu t'engouffres jusqu'à la taille dans le tableau du volcan. Coincé, tu ouvres les yeux. Tu es encore en vie. Juste au-dessus de toi, Jean-Christophe te sourit.

— NE BOUGE PAS ! Nous allons te sortir de là.

— Il est drôle lui, te dis-tu tout bas. Comment puis-je bouger d'ici...

Tu sens que quelque chose, genre serpent ou tentacule, s'enroule autour de tes jambes. Les mains ancrées dans le cadre du tableau, tu essaies de toutes tes forces de ne pas te laisser aspirer.

OUPS ! tu viens de perdre une espadrille, et ça chatouille. Comment rire dans une telle situation ? Des centaines de vers de terre se tortillent entre tes orteils.

BEURK !

Tes mains glissent, et tu finis par tomber dans un gigantesque ramassis de serpents, de vers, de pieuvres, de chenilles, bref, de bestioles gluantes de toutes sortes...

FIN

92

Vous descendez sous le niveau de la mer avec la crainte bien présente d'être submergés à tout moment...

La passerelle aboutit tout au fond de la baie. Vous marchez sur le fond marin, entourés d'une grande bulle d'air qui vous permet de respirer sous l'eau. L'épave d'un navire en bois pourri fait battre fort ton cœur. C'est vraiment impressionnant ! Un immense trou dans la coque te permet d'admirer l'éclat d'un trésor oublié.

Vous ramassez tout ce que vous pouvez, car un petit trésor n'a jamais fait de mal à personne...

ERREUR ! Ce trésor appartient à une bande de pirates fantômes qui surgissent de l'épave. Vous partez avec ce que vous avez réussi à prendre... Est-ce que les fantômes vont parvenir à vous attraper ?

*Pour le savoir... **TOURNE LES PAGES DU DESTIN !***

S'ils parviennent à vous attraper, allez au chapitre 73.
Si la chance est avec vous et que vous réussissez à vous échapper, allez au chapitre 85.

93

L'affreux cadavre coupé en deux n'est pas très rapide. Vous parvenez facilement à le semer dans un long corridor mal éclairé par des crânes chandeliers sur lesquels sont placées des bougies… ALLUMÉES ! Ce n'est pas très bon signe…

Vous vous arrêtez, hors d'atteinte du cadavre coupé. Derrière les pierres, vous percevez des murmures inintelligibles. Tu y colles une oreille, et le mur pivote. Tu as sans doute appuyé sur quelque chose.

De l'autre côté, un fauteuil vide est placé devant une télé en marche. Tu t'approches avec précaution. Sur l'écran de télé, un terrifiant visage blanc te regarde droit dans les yeux. Tu bouges, et il te suit. Tu recules, et il te regarde toujours directement dans les yeux.

Tu appuies sur quelques boutons, mais le poste de télé demeure allumé. Lentement, un corps squelettique s'extirpe de l'écran.

Debout devant la télé, le visage caché par une longue chevelure noire, la macabre silhouette demeure immobile. Suivi de tes amis, tu retournes près du mur afin de trouver le bouton qui vous ramènera dans le corridor. Mais si Marjorie et Jean-Christophe sont tous les deux à ta droite, qui donc se tient à ta gauche, tout près de toi ?…

Va au chapitre 40…

Rends-toi au chapitre inscrit sur le passage que tu désires emprunter...

95

Les ballons, complètement gelés, frappent le plafond, **POC !** tout près de la vampire, mais ils n'éclatent pas.

La vampire crie « *ARRRUUUUUUUIIII !* » et se change en chute de neige qui tombe sur toi. Tu places tes mains pour te protéger. Enseveli sous la neige, tu essaies de respirer. Une main touche ton visage... C'EST JEAN-CHRISTOPHE ! Tu peux maintenant respirer...

OÙ EST PASSÉE LA VAMPIRE ?

Marjorie lève les épaules.

— Je ne comprends pas du tout ! Je n'ai jamais vu un vampire faire cela avant...

Dans ta bouche... DEUX CANINES VIENNENT DE POUSSER !

— Mais elles ne sont pas à moi, ces dents !

Tes amis s'éloignent...

Tu les pourchasses pour leur expliquer... pour leur expliquer que... TU AS SOIF ! TRÈS SOIF ! Et que ce n'est pas si mal d'être un vampire. En plus, ça te permet de rentrer très tard la nuit...

FIN

96

Cerbère vous accueille. C'est le chien qui garde habituellement les portes de l'enfer. Le diable, ami personnel des vampires, est parti en vacances visiter les volcans de la terre. Il a demandé à ses amis de s'occuper de son méchant toutou pendant son voyage.

Reculez vers le chapitre 5.

97

Au-dessus de vous, Marjorie s'éloigne...

Tu fouilles nerveusement dans ton sac à dos, espérant... NON ! Il ne reste plus un seul ballon d'eau bénite... Tu ne peux rien pour elle...

Près de toi, Jean-Christophe sourit. Tu veux comprendre pourquoi. Marjorie tient dans sa main... LES SPAGHETTIS À L'AIL DE SA MÈRE !

— HÉ ! CROTTE DE MOUCHE, J'ESPÈRE QUE TU AIMES LES PÂTES ! crie-t-elle au vampire en lui lançant tout le paquet.

Les spaghettis s'agglutinent sur le visage du vampire, qui, immédiatement, devient aussi sec qu'une croustille. Le cadavre desséché du vampire tourne lentement dans le ciel comme un cerf-volant et vient déposer délicatement Marjorie juste à côté de toi...

— MAGISTRALE ! t'exclames-tu. Tu as été tout simplement magistrale...

— BAH ! ce n'est rien, je fais ça tous les matins...

Devant la lune passent les grandes ailes sombres du DERNIER VAMPIRE !

Allez au chapitre 26.

Allez au chapitre...

99

— DÉGAGE, MICROBE ! DU BALAI ! Va faire le ménage de ta chambre ! t'ordonne le plus grand d'une façon très impolie. Le maire n'apprécierait pas qu'un *plouc* de ton genre vienne le déranger lorsqu'il est reçu par des ambassadeurs étrangers importants...

En colère, tu essaies de voir ses yeux derrière ses lunettes fumées. Il faut être con pour mettre des lunettes de soleil lorsqu'il fait noir...

Comprenant que c'est inutile de discuter avec ces idiots, tu cesses de t'agiter. Les deux gardes du corps te laissent partir.

Tu cours jusqu'à la maison de tes deux amis Marjorie et Jean-Christophe. Sans même prendre le temps de sonner, tu entres... PERSONNE ! Mais où sont-ils ? Tu les trouves dans le sous-sol...

Marjorie est braquée devant la télé.

— JE SAIS ! te dit-elle avant que tu aies pu placer un seul mot. Ils en parlent à la chaîne de nouvelles. Ces ambassadeurs sont des vampires ! ÇA, C'EST PLUS QUE CERTAIN ! Mais comment le maire peut-il s'être fait berner de la sorte ? Il ne va jamais chercher de films d'horreur au club vidéo ?

Allez au chapitre 29.

100

Lentement mais sûrement, les îles s'engloutissent. Au sommet de la tour, vous attendez le moment propice pour vous jeter à l'eau. Une grosse vague passe par-dessus le rempart. Vous sautez tous les trois à la mer.

TRIPLE SPLAAACH !

Dans un gros bouillon, les îles disparaissent. De grosses bulles d'air vous chatouillent partout. Tu nages en direction de la haute coque grise du destroyer. Deux marins déroulent une échelle pour vous permettre de monter à bord.

Sur le pont du destroyer, le maire vous accueille en héros.

— SUPER BEAU TRAVAIL LES JEUNES ! Sombreville vous sera toujours reconnaissante... Demandez-moi ce que vous voulez, et je vous l'accorde sur-le-champ...

Tu te retournes en souriant vers ses deux gardes du corps...

— Ma chambre aurait besoin d'un sérieux ménage, monsieur, et j'aurais besoin d'aide...

FÉLICITATIONS !
Tu as réussi à terminer...
Les châteaux de Malvenue.

PETITES
HISTOIRES
TERRIFIANTES...
AVEC DE
VRAIES
PHOTOS !!!

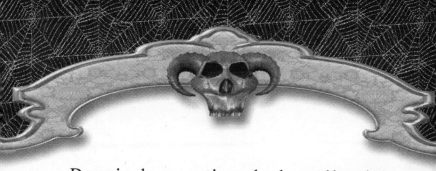

Depuis la parution de la collection Passepeur en 1997, j'ai entendu des tas d'histoires invraisemblables. Des histoires de fantômes, de revenants, d'extraterrestres... ET PLUS !!! Je me suis souvent demandé pourquoi les gens me racontaient ces histoires, à moi. Peut-être parce que je suis auteur d'histoires d'horreur. Ces témoins de manifestations étranges ont sans doute pensé trouver en moi une oreille attentive... À LEURS HISTOIRES INCROYABLES !

Oui, j'ai écouté ces histoires, mais j'ai aussi vérifié si elles étaient authentiques.

J'ai donc rassemblé, ici, pour toi, les meilleures, les pires... ET LES PLUS EFFROYABLES ! Je te conseille de lire ces histoires en plein jour, car tu risques gros à les lire... AVANT DE TE COUCHER !!!

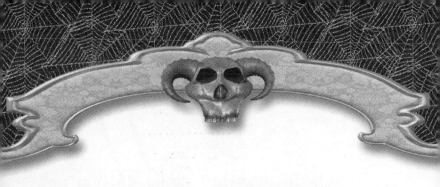

UN DE TROP

Tu aimes la campagne ? OUI ! Mais tu n'es pas tout seul...

Cette histoire ne provient pas d'un ami qui a un voisin à qui on l'a racontée... NON ! Cette aventure est arrivée à mon frère... ET J'ÉTAIS LÀ !!!

Mon frère Tito, Jean-Claude de son vrai nom, est un fou de l'électronique. Chez lui, c'est un vrai magasin, il possède tout ! Un soir d'automne, après avoir bien mangé, nous sommes allés, lui et moi, marcher près de la forêt. Il voulait me montrer sa dernière acquisition : un appareil photo électronique à infrarouge pouvant prendre des photos dans la noirceur complète.

Nous avons trouvé le coin le plus sombre, le plus noir, complètement à l'extrémité de la clàirière. Là, il m'a demandé de me placer dos aux arbres. Il a pris une photo, et nous sommes retournés à la maison. Il a branché son appareil à son ordi très puissant, et nous avons tout de suite vu que, sur la photo… JE N'ÉTAIS PAS SEUL !!!

J'ai cru qu'il voulait me jouer un très vilain tour, mais lorsque j'ai vu qu'il tremblait….

ÉTRANGE CHAT

As-tu déjà essayé de regarder dans les yeux d'un chat ? Ça donne froid dans le dos, car tu ne peux y voir que du mystère...

Juin 2005. Un ami qui partait en voyage à la Nouvelle-Orléans m'a demandé de le reconduire à l'aéroport. Lorsque je suis allé le chercher chez lui, il m'a ouvert la porte, et j'ai tout de suite remarqué qu'il avait l'air un peu tracassé. Mon ami avait-il peur de l'avion ? Non. Il m'a répondu qu'il était un peu inquiet, car Sushi, son chat, semblait très bizarre. Était-il malade ?

Lorsque je suis allé dans sa chambre, j'ai remarqué que son chat était immobile sur son lit et qu'il avait, entre ses pattes, un curieux objet rond, comme une sorte de « O » en bois.

Mon ami m'a dit que son chat rapportait toutes sortes de trucs lorsqu'il rentrait à la maison. De plus, nous avons trouvé la posture du chat sur le lit si étrange que nous avons pris une photo.

C'est la voisine de mon ami qui allait s'occuper de Sushi pendant son voyage. Quelques jours plus tard, mon ami m'a envoyé par courriel quelques photos de son voyage. Parmi ces photos, il y avait celle-ci :

À ce jour, nous ne sommes jamais parvenus à expliquer la présence du « O » à des milliers de kilomètres de la Nouvelle-Orléans…

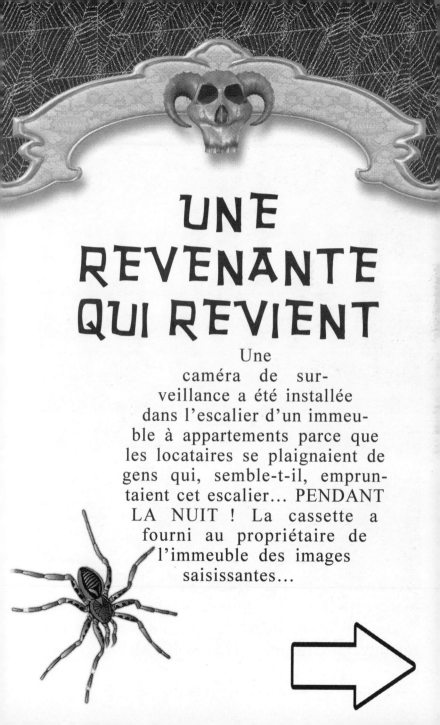

UNE REVENANTE QUI REVIENT

Une caméra de surveillance a été installée dans l'escalier d'un immeuble à appartements parce que les locataires se plaignaient de gens qui, semble-t-il, empruntaient cet escalier... PENDANT LA NUIT ! La cassette a fourni au propriétaire de l'immeuble des images saisissantes...

Depuis, l'immeuble vacant n'a jamais réussi
à trouver... UN ACHETEUR BRAVE !

C'est quoi, ça ?

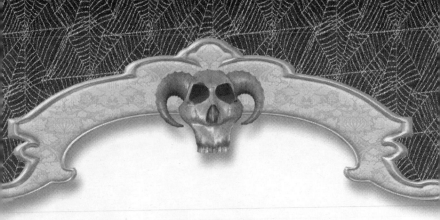

UN TABLEAU QUI VAUT DE L'OR... REUR !

Ce tableau d'une poupée diabolique vaut des centaines de milliers de dollars. Il est à vendre depuis des années pour la ridicule somme de dix dollars. Personne n'en veut parce qu'il est porteur d'une terrible malédiction. Tous ceux qui ont osé l'accrocher sur un mur de leur demeure... ONT DISPARU ! Sans jamais laisser la moindre trace...

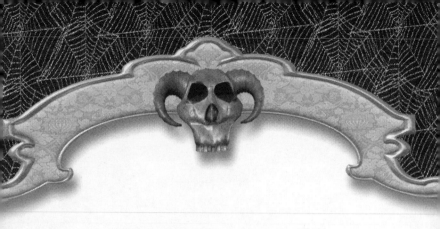

L'ARBRE DU PENDU

Rivière Noire, au sud du Québec. Tu peux, toi aussi, prendre une photo de cet arbre mort près de la rive de la rivière. Au pied de l'arbre, entre les racines, tu vas remarquer une tête horrible qui te regarde et qui semble disparaître lorsque tu t'approches. Dans cette rivière, inutile de perdre ton temps à pêcher, car tu ne peux pas y trouver un seul poisson...

MAISON
À NETTOYER...
DE TOUTES SORTES
DE CHOSES !

Pour rénover cette vieille baraque qu'il venait d'acheter, mon oncle Pierre a eu recours à cinq charpentiers, deux menuisiers, trois peintres, deux plombiers... ET UN MÉDIUM !

SORTI AVANT MÊME D'ÊTRE ÉCRIT...

Cette dernière histoire m'est arrivée, à moi.

Novembre 2003, dans une école de Montréal. Je participe à une « mini » exposition de livres organisée par l'école. Dans le gymnase, j'ai installé mon présentoir, ma chaise terrifiante et ma table morbide, que j'emporte partout dans les grands Salons du livre du Québec.

J'ai pris quelques photos comme je fais toujours. Quelques semaines plus tard, j'ai regardé les photos de cette activité et j'ai remarqué un détail qui m'a vraiment troublé... Dans ce présentoir, il y avait, bien avant qu'il soit écrit... LE PASSEPEUR NUMÉRO 25 ! LES CHÂTEAUX DE MALVENUE

Comment peux-tu expliquer que ce titre se soit retrouvé dans mon présentoir DEUX ANS avant sa parution et que l'image se retrouve dans le livre... QUE TU TIENS ENTRE TES MAINS ??!!

EST-CE QUE TU CROIS À CES HISTOIRES ? NON !

Eh bien ! tu as raison, AUCUNE N'EST VRAIE ! Je les ai inventées dans le seul but de t'amuser et de te divertir. Les fantômes, les vampires, les zombies, les loups-garous... N'EXISTENT PAS !!! Et là, tu peux me croire sur parole, car je suis un SPÉCIALISTE DANS CE DOMAINE...

DORS BIEN !

Richard